D1690678

7. - 10. Tausend
2. Auflage Januar 1996

Verlagsprojekt: Quipos S.r.l. (Mailand)
Layout: Emma De Biasi - Kartapazza (Verona)
© 1995 Oli-Verlag N.V.
Bearbeitung der deutschen Ausgabe:
Helena Baumann
Deutsche Ausgabe:
© 1995 Lappan Verlag GmbH, Oldenburg
ISBN 3-89082-572-9

MORDILLO

FÜR DEN
TOLLEN MANN

LAPPAN

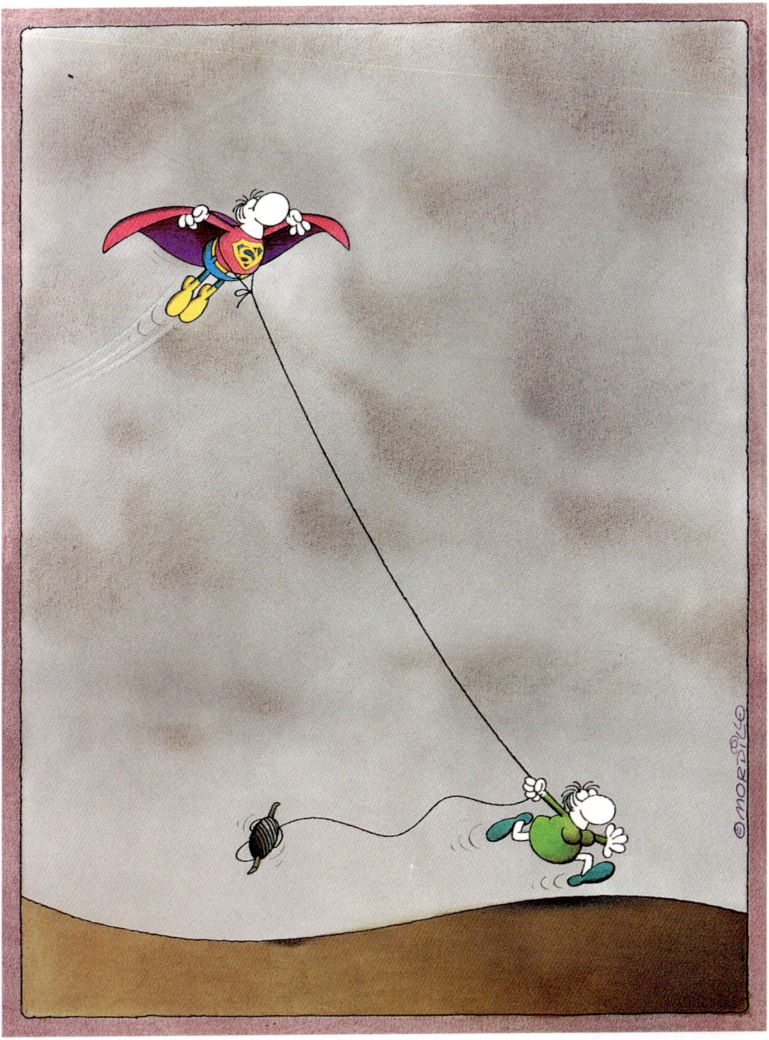
©MORDILLO

Ein toller Mann

... verfügt über
außergewöhnliche Talente.

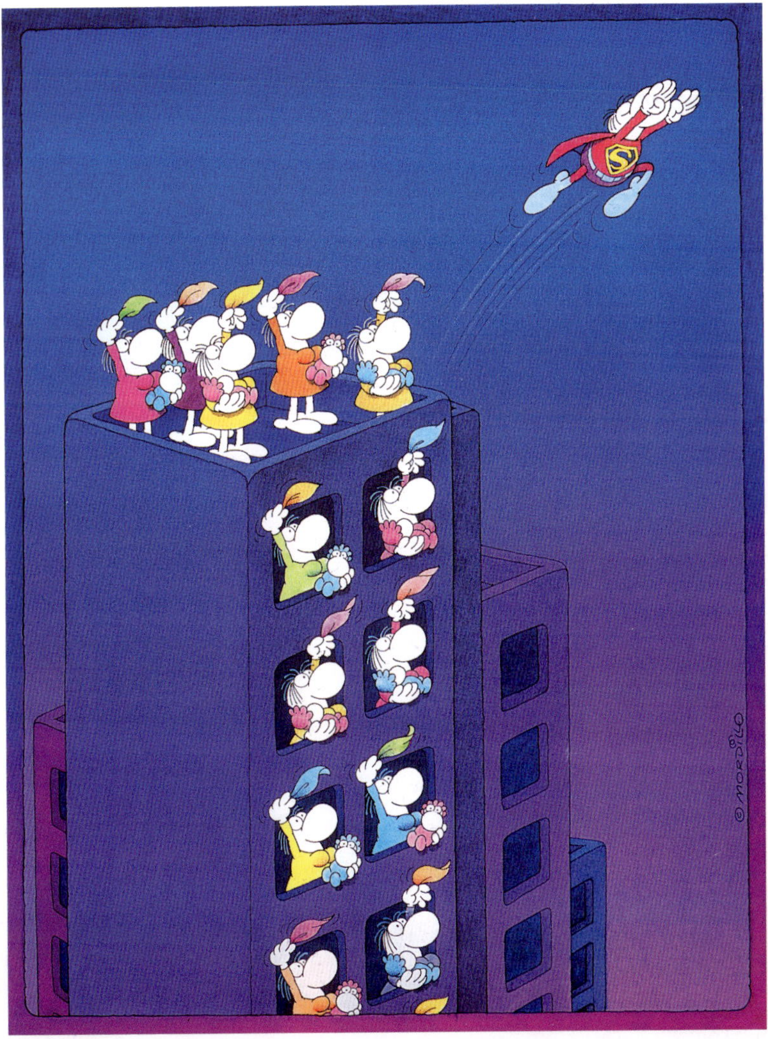
© MORDILLO

... ist der Schöpfer großer Werke

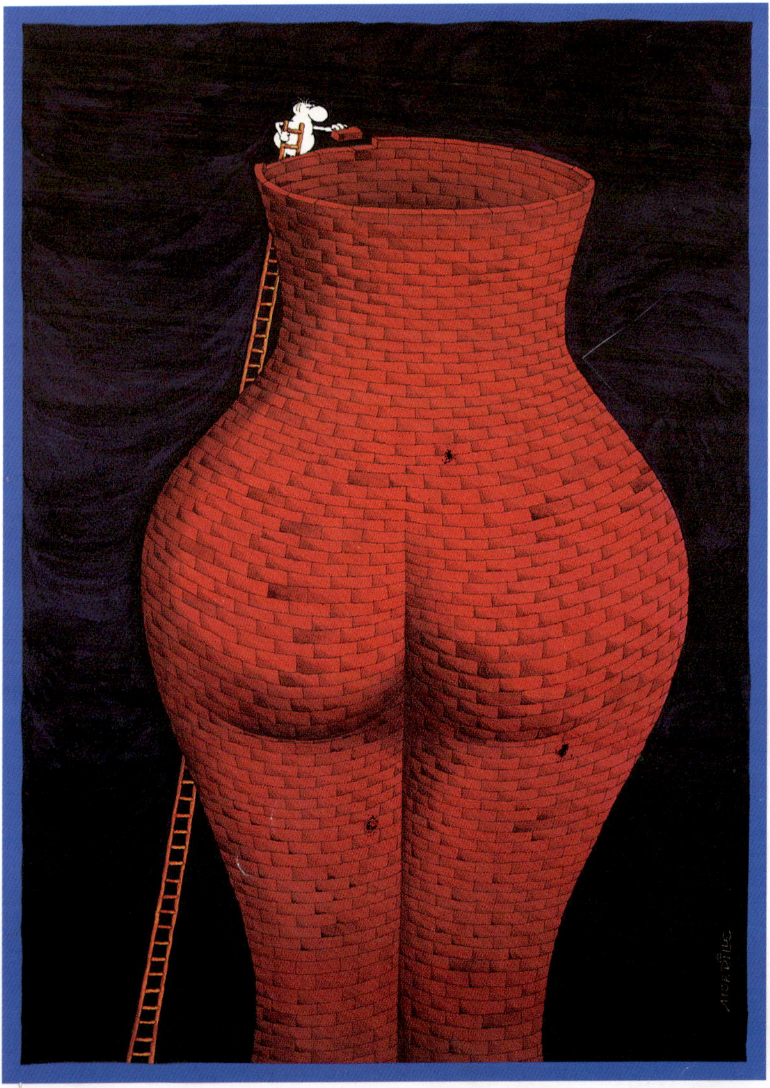

... hat eine überdurchschnittliche Bildung

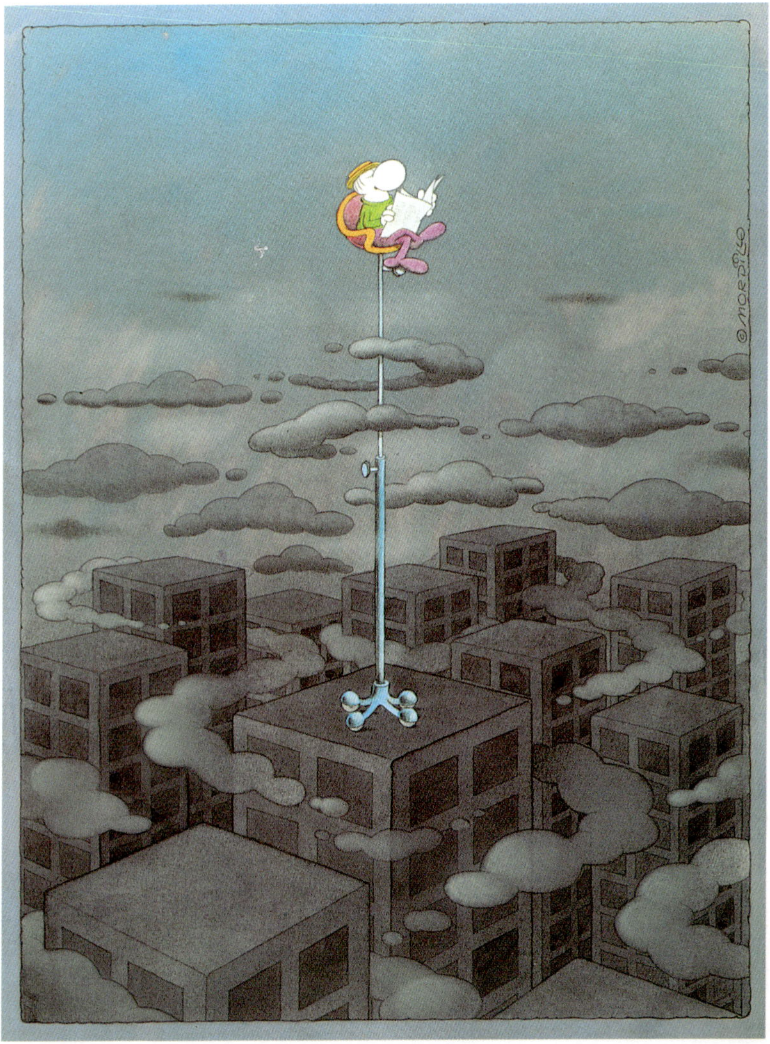
©MORDILLO

… ist fähig, sich den unterschiedlichsten Verhältnissen anzupassen

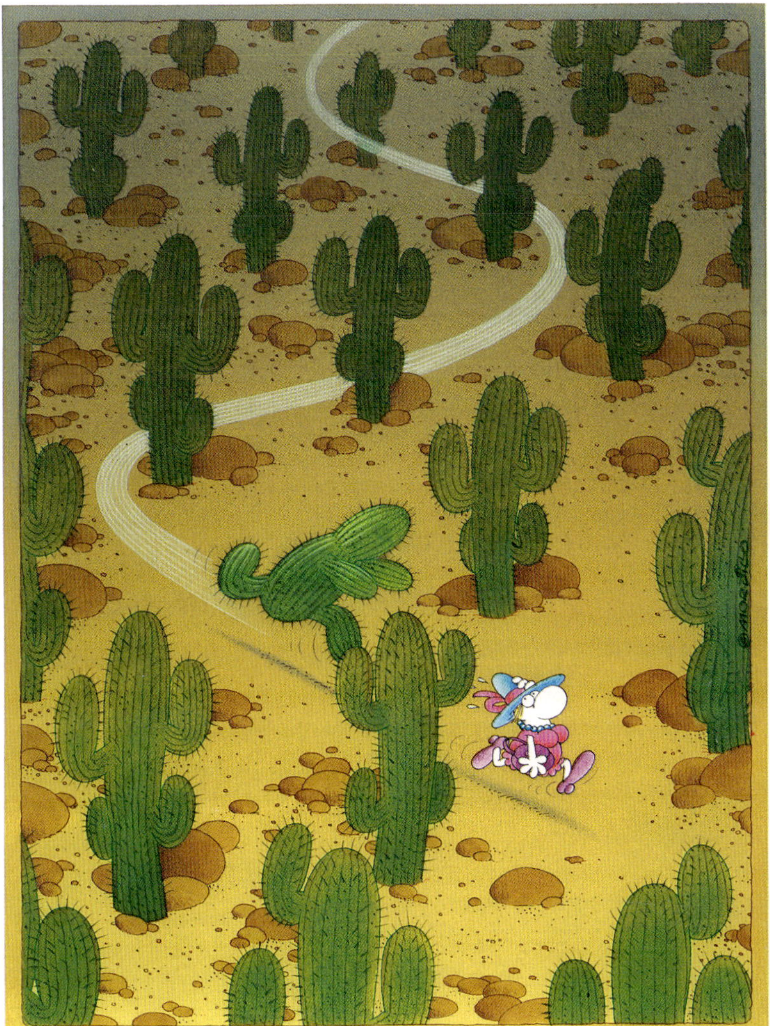

... wurde von der Natur bestens ausgestattet

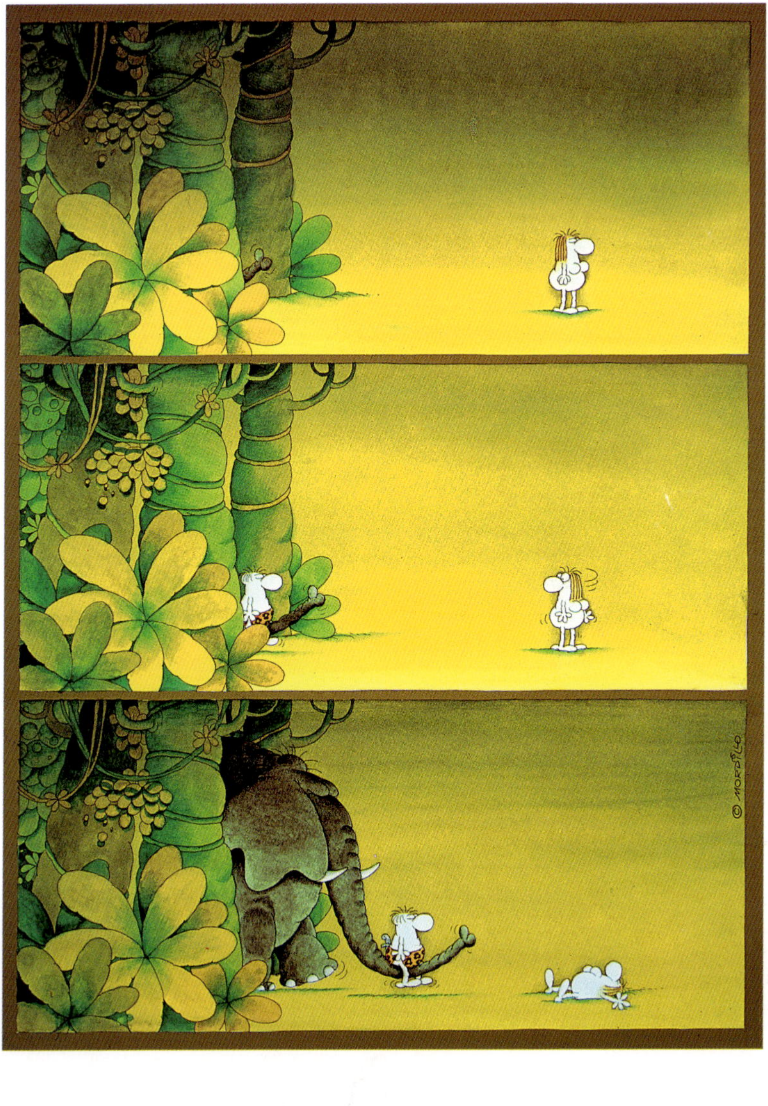
© MORDILLO

... ist von vollendeter Höflichkeit

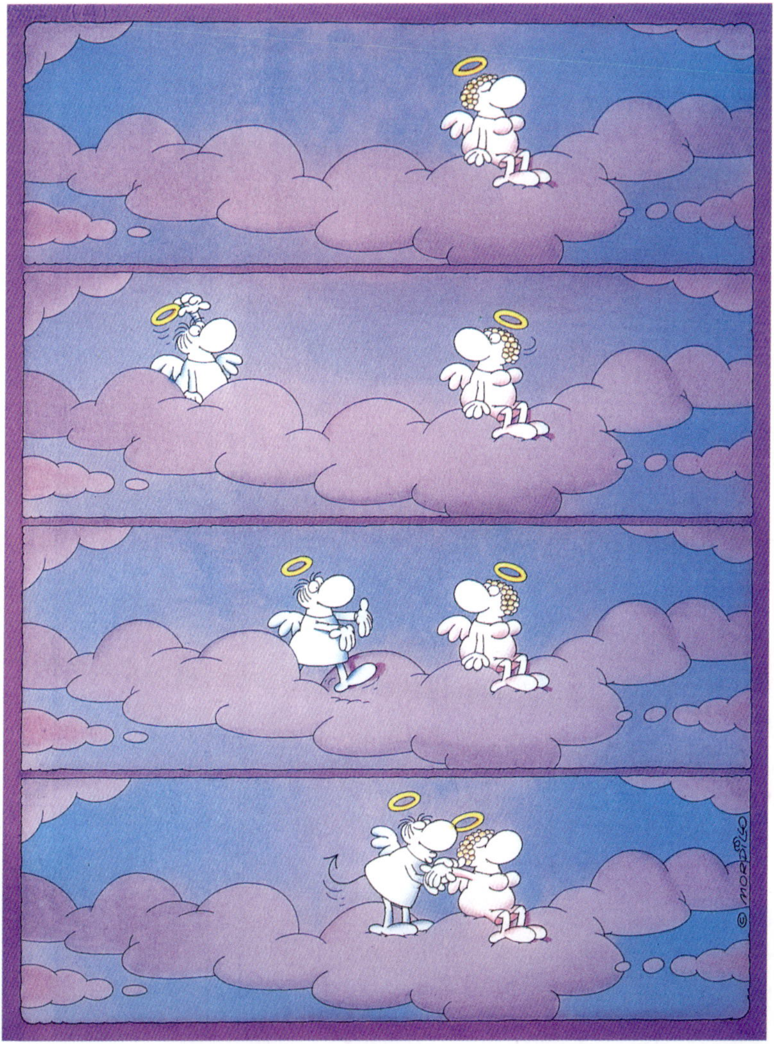
© MORDILLO

... verfügt über geeignete Transportmittel

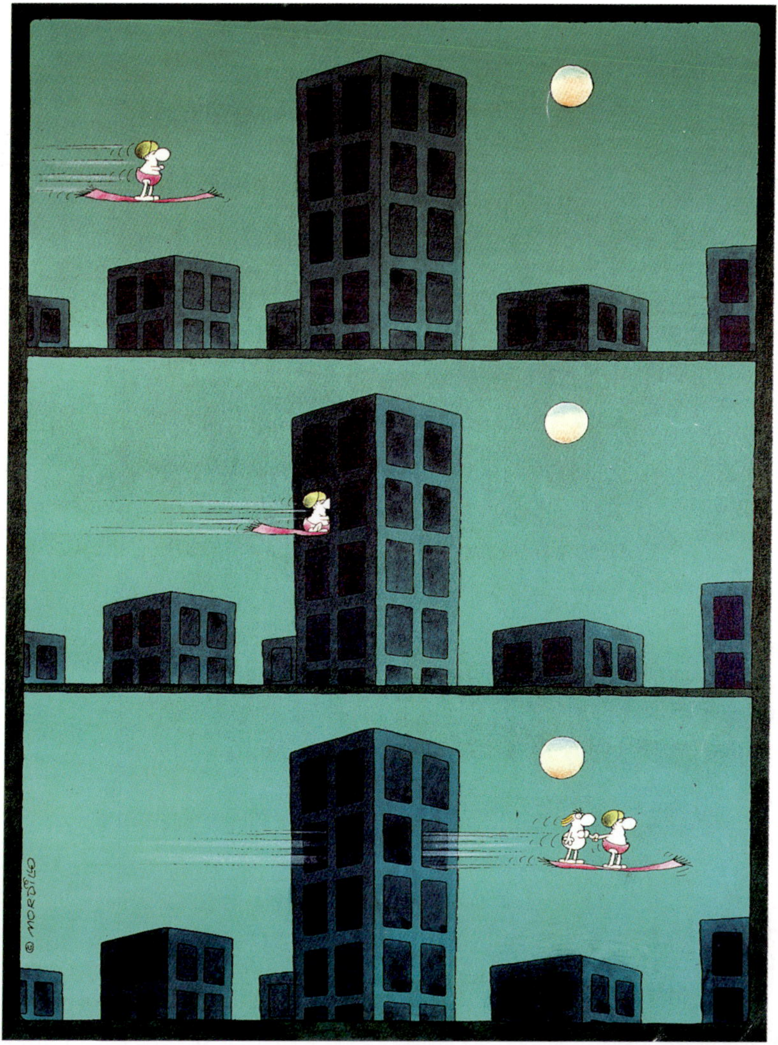
© MORDILLO

... macht großzügige Geschenke

©MORDILLO

... ist ein Kavalier alter Schule

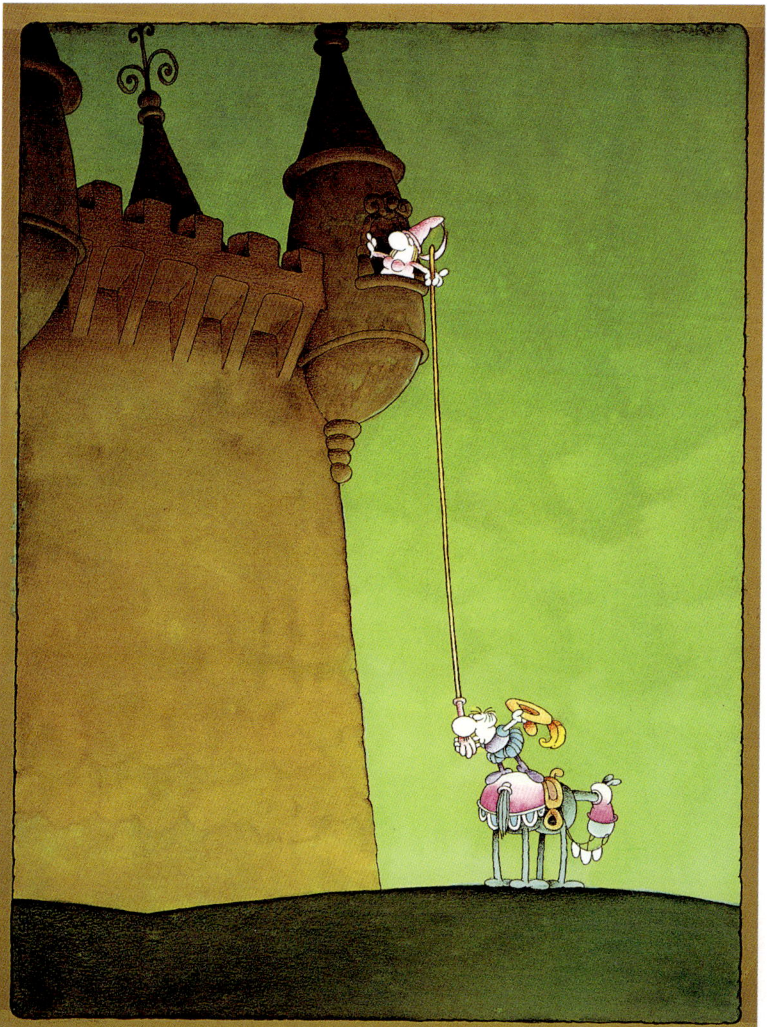

... ist aber anpassungsfähig

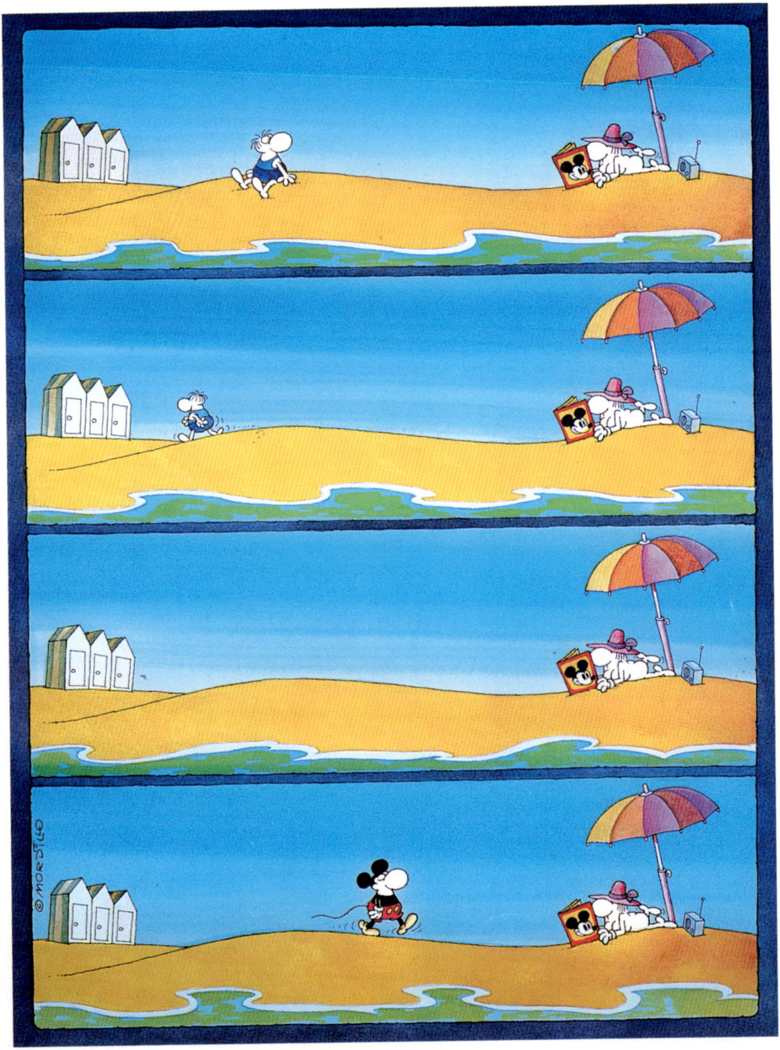
© MORDILLO

... ist kreativ

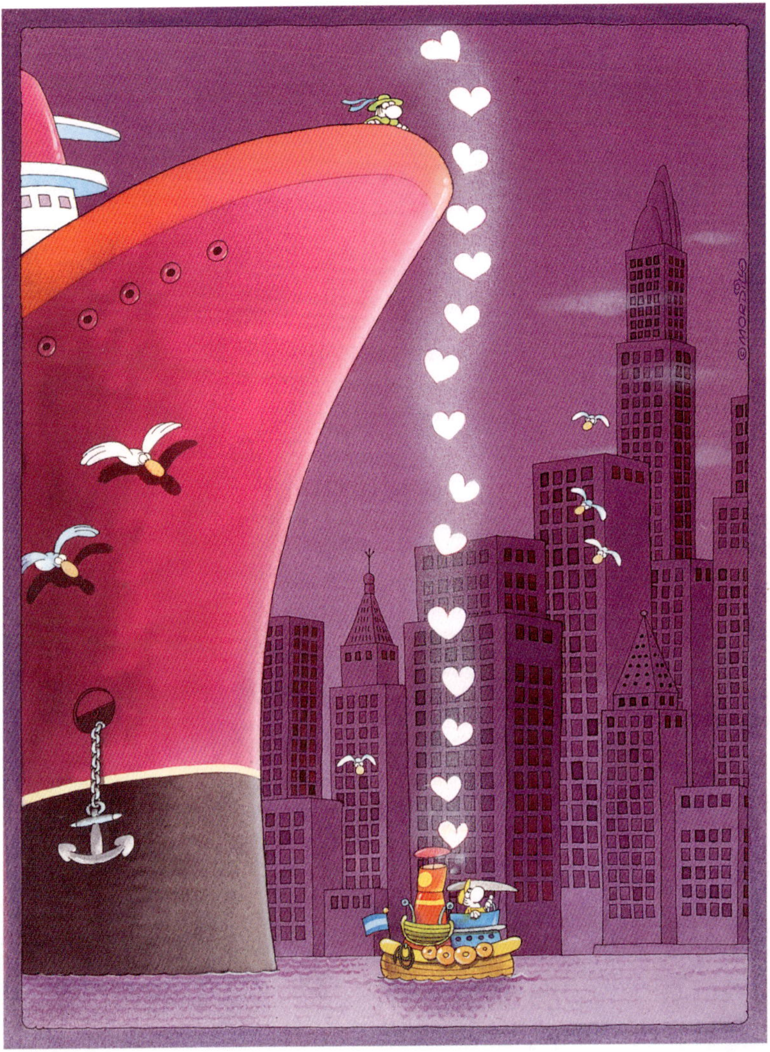

... ist kommunikativ

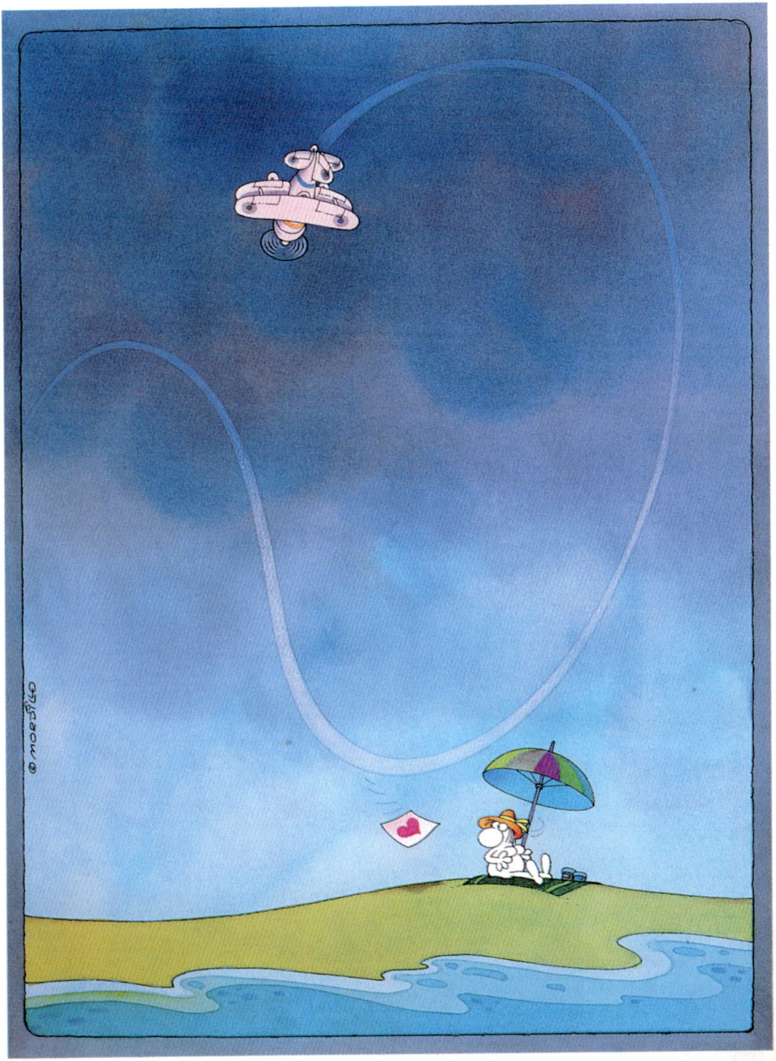
© MORDILLO

... ist stets zur rechten Zeit am rechten Ort

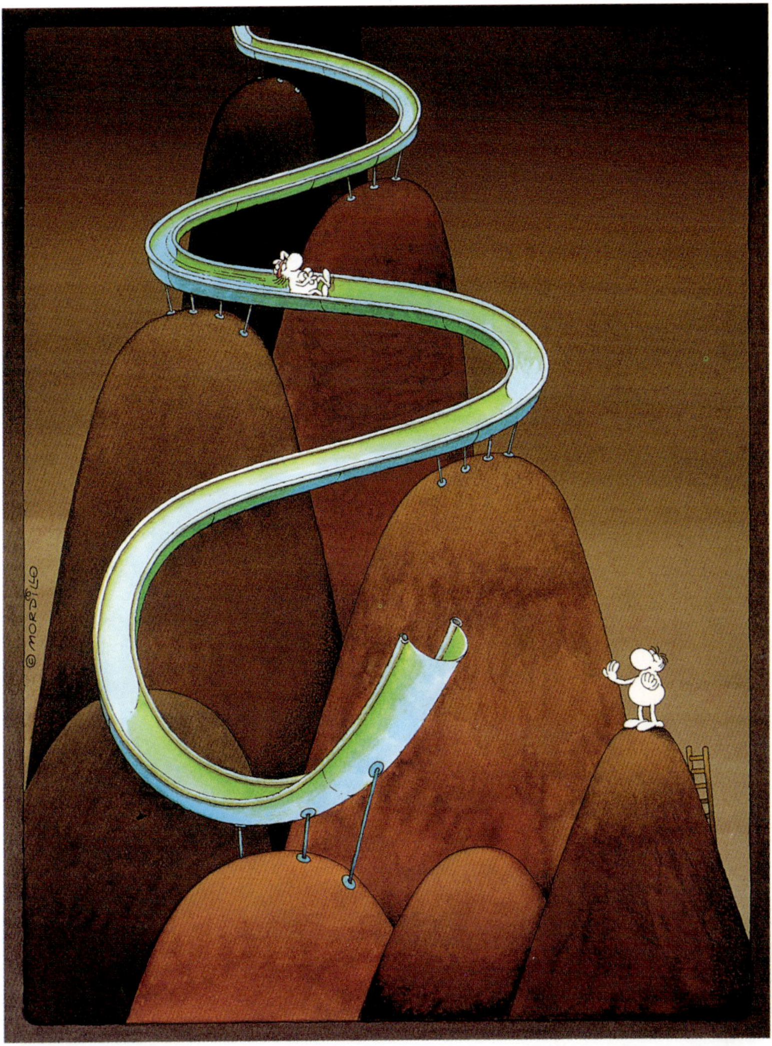
© MORDILLO

... hat einen beachtlichen Wirkungskreis

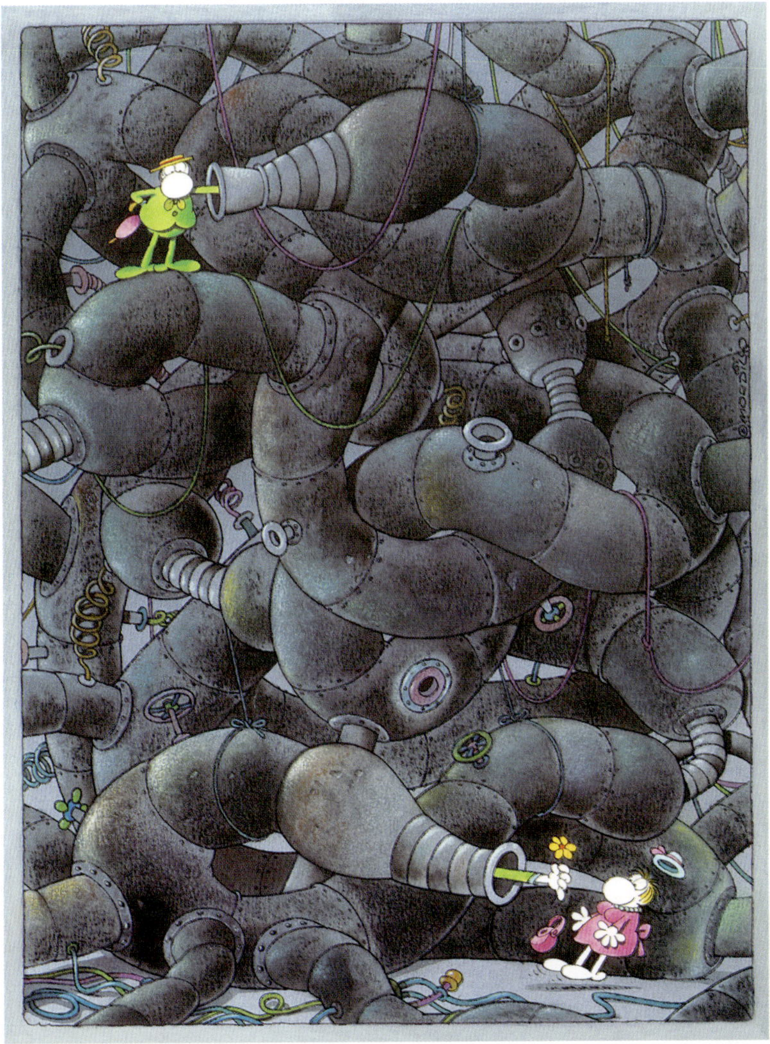

... weiß Hindernisse zu umgehen

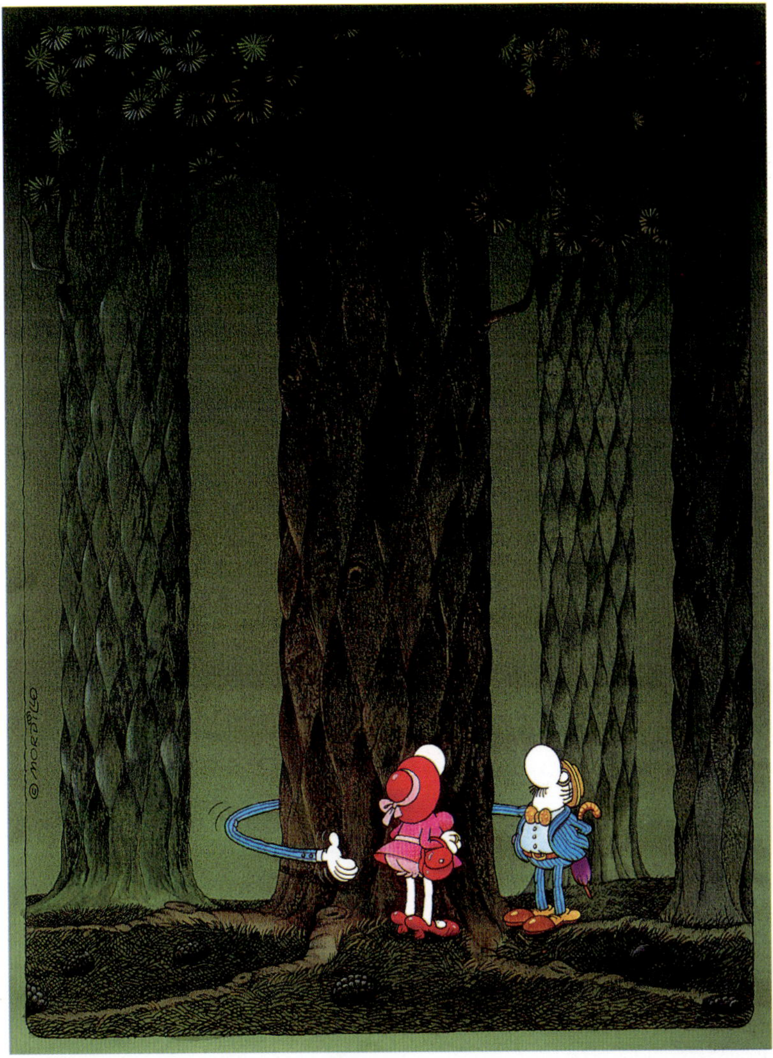
© MORDILLO

… und kann seine Wahl treffen

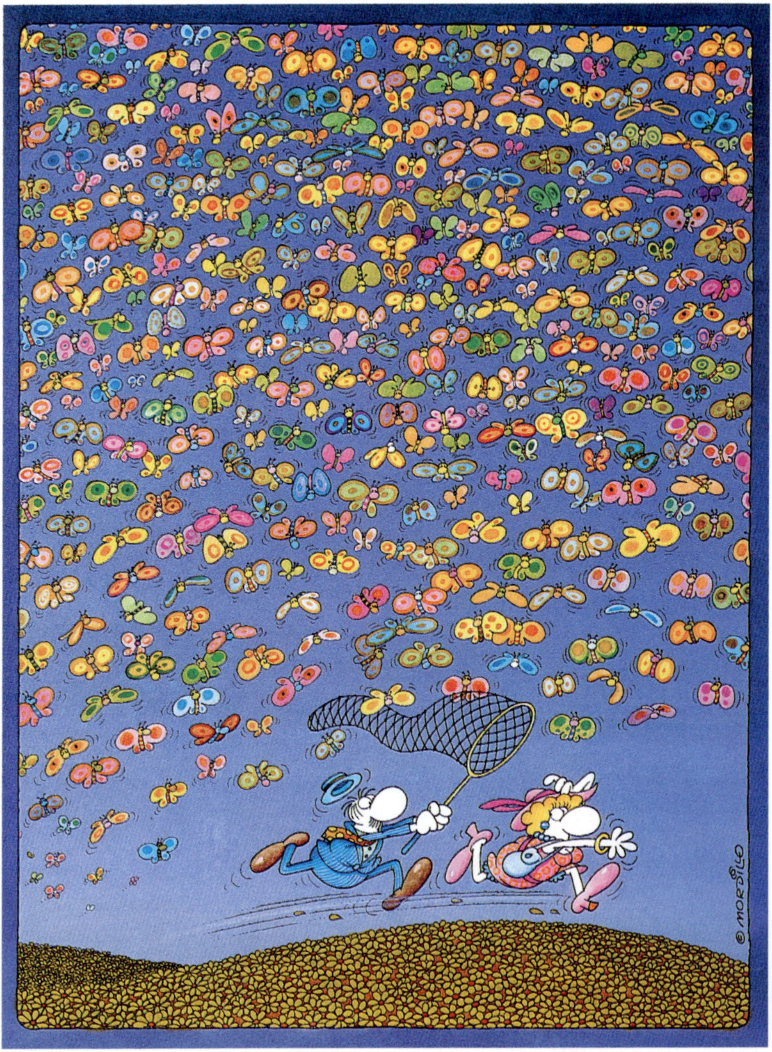
© MORDILLO

... scheut keine Mühe, um sein Ziel zu erreichen

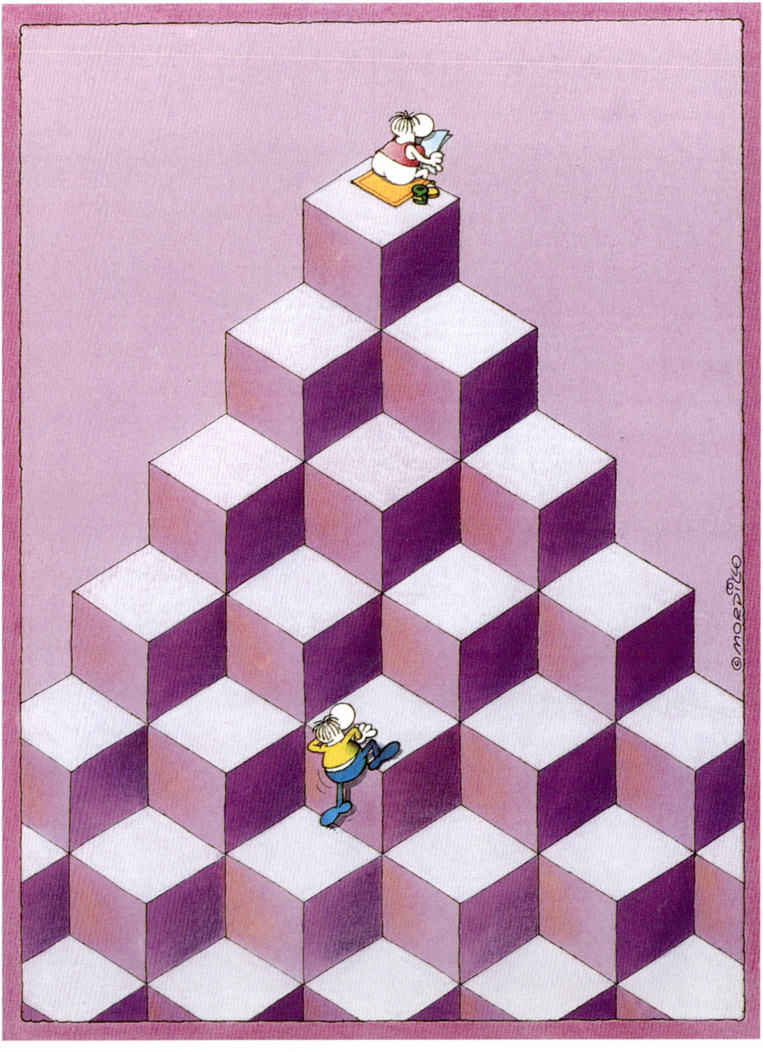
© MORDILLO

... wartet notfalls geduldig, bis er an der Reihe ist

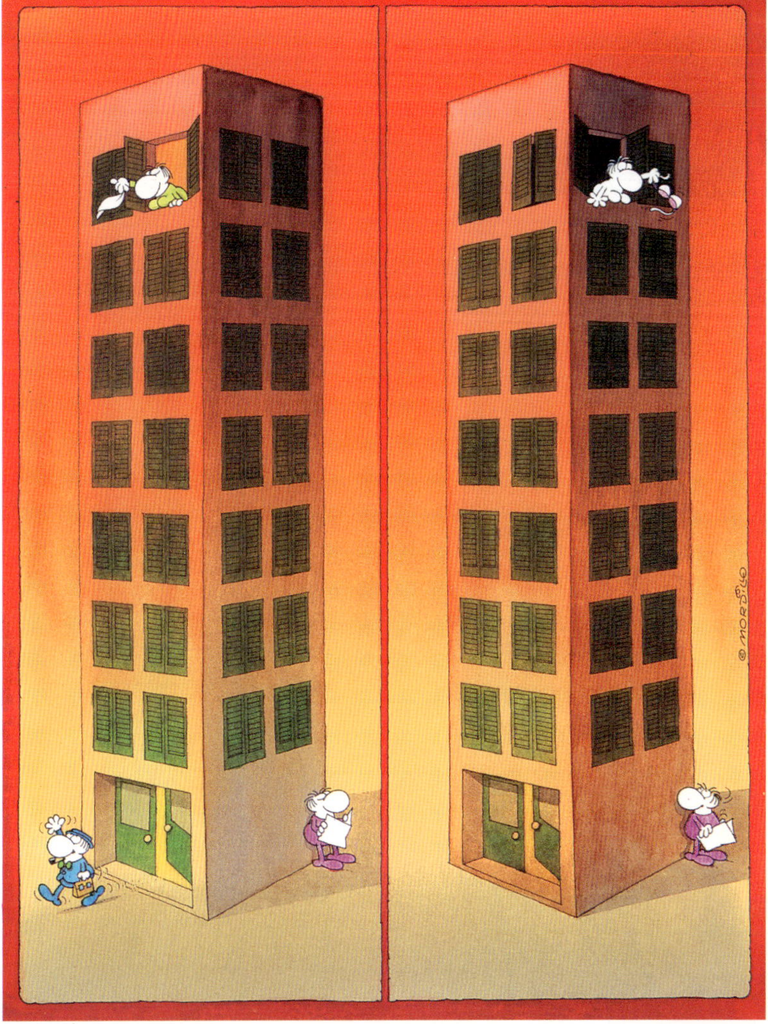
© MORDILLO

... verliert dann aber keine Zeit

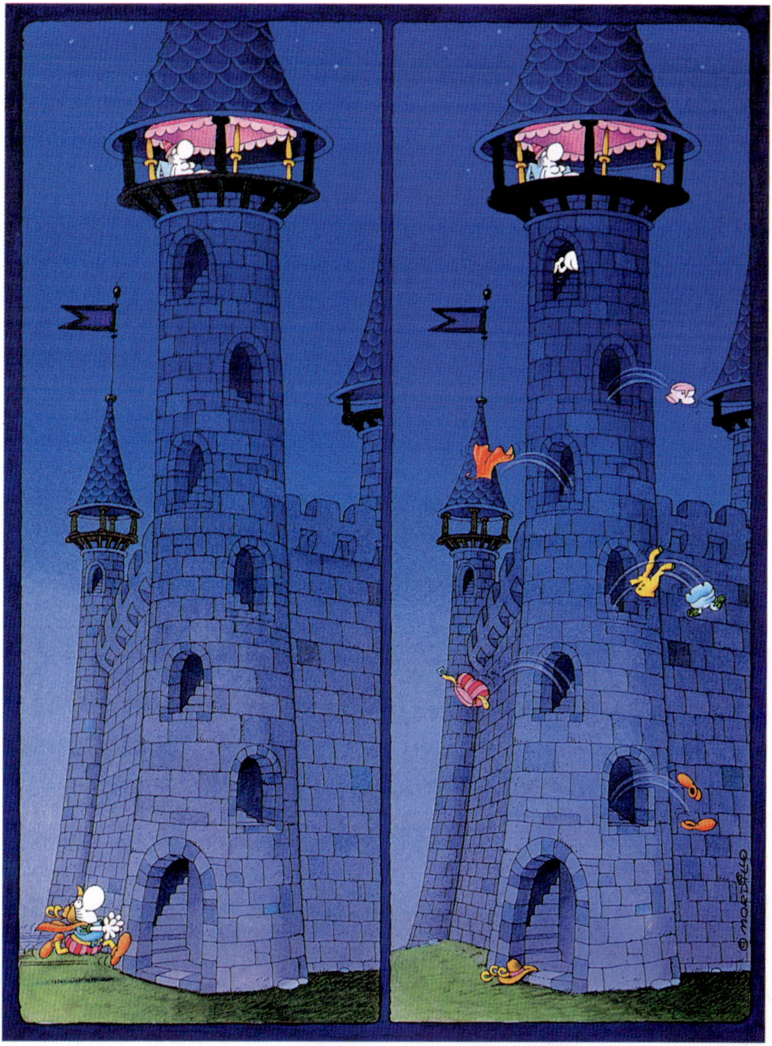
© MORDILLO

... und bringt die Sache erfolgreich zum Abschluß.

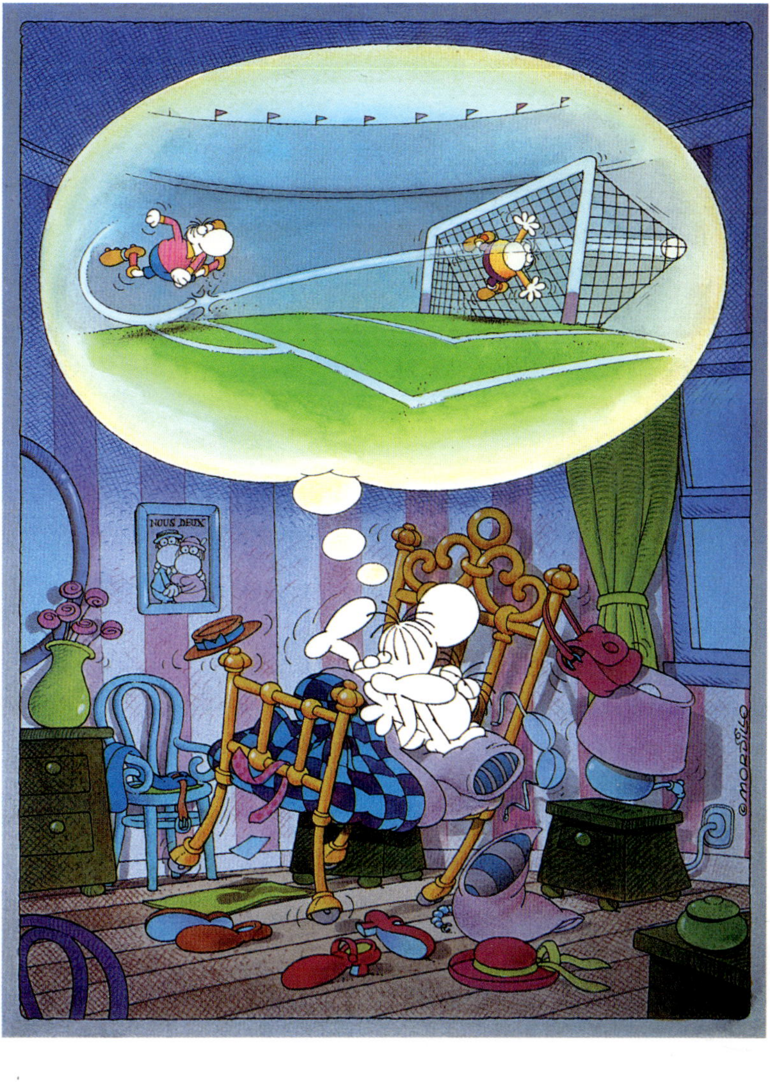
NOUS DEUX
©MORDILLO

Wer kann einem solchen Mann widerstehen?

In der gleichen Reihe
erschienen:

Mordillo für Verliebte

Mordillo zur Hochzeit

Mordillo für die tolle Frau

Mordillo für Sportler

Mordillo für Urlauber